Bella del Señor

de Albert Cohen

ResumenExpress.com
GUÍA DE LECTURA
Cincuenta sombras de Grey
de E. L. James

ALBERT COHEN — 1

Novelista y ensayista de nacionalidad múltiple

BELLA DEL SEÑOR — 2

La ficción del amor

RESUMEN — 3

Seducción

Pasión

¿Y luego qué?

ESTUDIO DE LOS PERSONAJES — 9

Ariane Cassandre Corisande d'Auble

Solal Solal, decimocuarto de su nombre

Los Deume

Adrien Deume

Mariette

Los Esforzados

CLAVES DE LECTURA — 15

Una narración polifónica

La dicotomía entre ficción y realidad

Crítica de la sociedad mundana

Sionismo y antisemitismo

PISTAS PARA LA REFLEXIÓN — 22

Algunas preguntas para profundizar en su reflexión...

PARA IR MÁS ALLÁ — 25

ALBERT COHEN

NOVELISTA Y ENSAYISTA DE NACIONALIDAD MÚLTIPLE

- **Nacido en 1895 Corfú (Grecia)**
- **Fallecido en 1981 en Ginebra (Suiza)**
- **Algunas de sus obras:**
    - *Solal* (1930), novela
    - *El libro de mi madre* (1954), novela
    - *Los Esforzados* (1969), novela

Albert Cohen nace en una isla griega desde la que emigra a Francia con sus padres en 1900, para después instalarse en Ginebra a partir de 1914. En esta ciudad, estudia Derecho y Literatura con resultados excelentes y comienza a ejercer de funcionario en la Oficina Internacional de Trabajo, una experiencia en la que se inspira especialmente para crear el ambiente de su novela *Bella del Señor* (1968).

Sus orígenes judíos influyeron en su literatura, así como en su vida, hasta el punto de que una parte de su obra es denominada «mitobiografía». Incluso aunque los personajes de sus novelas no se le parecen, a menudo les insufla sus valores, tales como el sionismo (ideología política basada en un sentimiento nacional judío) y sus reflexiones éticas. Albert Cohen representa una de las figuras centrales de la literatura francófona del siglo XX.

BELLA DEL SEÑOR

LA FICCIÓN DEL AMOR

- **Género:** novela
- **Edición de referencia:** Cohen, Albert. 1987. *Bella del Señor.* Traducido por Javier Albiñana. Barcelona: Anagrama
- **Primera edición:** 1968
- **Temáticas:** realidad e imaginación, amor verdadero, antisemitismo, muerte, religión, postmodernismo

Bella del Señor se publica en 1968 y recibe el Gran Premio de Novela de la Academia Francesa ese mismo año. Verdadero éxito tanto entre la crítica como entre el público, la novela es el tercer episodio de una tetralogía que comenzó con *Solal* (1930) y *Comeclavos* (1938) y que continuará con *Los Esforzados* en 1969. Esta serie cuenta las aventuras de la familia de Solal, el protagonista principal, cuyos miembros son todos judíos más o menos estereotipados.

En *Bella del Señor*, Solal se debate entre su profundo amor hacia las mujeres y el deber de mantener su imagen de hombre perfecto y, por lo tanto, cruel. El relato es el de su historia de amor con la ingenua Ariane, que también busca encarnar un ideal. Pero el enfrentamiento de estos amantes perfectos con la realidad los condena al fracaso.

RESUMEN

SEDUCCIÓN

Ariane d'Auble, rechazada por su familia de la alta aristo-cracia ginebrina por haber vivido con una rusa, intenta suicidarse tras el fallecimiento de esta. La salva Adrien Deume, un simple funcionario arribista que ocupa la habitación de hotel contigua a la suya. Cuida de ella, se rinde a sus encantos y acaba pidiéndole matrimonio. Ariane, que está pasando por un mal momento social y psicológico, acepta. Pero esta unión la obliga a compartir su día a día con sus suegros: Hippolyte Deume, insustancial, y Antoinette Deume, una pequeña burguesa inculta y que finge ser cristiana. La joven humillada es infeliz y engaña a su marido. Tras cinco años de vida en común con Adrien, se cruza, durante una velada, con uno de los superiores jerárquicos de su marido, Solal Solal, un griego de nacionalidad francesa, subsecretario general de la Sociedad de Naciones (organización internacional que estaba destinada a preservar la paz en Europa tras la Primera Guerra Mundial).

Este último se enamora de Ariane a primera vista. Deseoso de que ella también lo quiera por cómo es y no por su físico o su posición social, intenta seducirla introduciéndose en su casa disfrazado de viejo judío. Entonces, le declara su amor a Ariane, quien, asustada, le lanza un vaso a la cara y lo hiere. Ofendido, el diplomático la vilipendia y, cuando se marcha, desvela su identidad. Lamentando que esta no lo amara siendo feo, promete que la seducirá de una forma más clásica, gracias a su belleza y a su fuerza: «[C]omo hembra te trataré, y despreciablemente te seduciré» (Cohen 1987, cap. 3). Está seguro de que lo logrará, pues afirma que conoce a las mujeres y que Ariane no es una excepción, en ningún aspecto.

Para evitar que esta lo denuncie a su marido, Solal le ofrece un ascenso a este último. Adrien está contento: siente una especie de veneración hacia este poderoso superior al que invita a cenar a su casa, para gran desconcierto de su esposa. Antoinette, feliz de tener una oportunidad para brillar socialmente, se dedica a preparar una comida durante la cual habría de sucederse un gran número de platos laboriosos y mal acompañados. Sin embargo, esa noche, el invitado falta al compromiso. De hecho, entre tanto, los Esforzados, cinco parientes de Solal de singular aspecto, llegan a Ginebra e irrumpen en su despacho de la Sociedad de Naciones. Solal envía a uno de ellos a entregarle una carta de disculpa a Ariane, con el propósito de que esta última se dé cuenta de la extravagancia de su familia.

Al día siguiente, Solal envía a Adrien en misión urgente y le invita a cenar en el Ritz unas horas antes de que se vaya. Ariane se niega a acompañar a su marido, pero después siente culpable y se une a ellos. Cuando llega al vestíbulo del hotel, se hace anunciar por teléfono. Entonces, Solal echa a Adrien con una excusa y, de este modo, logra encontrarse a solas con ella. Él le propone un trato: si quiere que su marido obtenga su ascenso y sea feliz, debe permanecer callada y escucharlo durante tres horas. Ariane acepta. Entonces Solal le habla de los enredos del amor, le explica que las mujeres execran la debilidad y prefieren el poder de dañar de los hombres, ya sea social o físico. Al hacer esto, critica también a Ariane y a su marido. Al final de la velada ⬚podríamos decir que paradójicamente⬚, ha conseguido conquistarla.

PASIÓN

Puesto que Adrien se ha marchado de misión durante tres meses, sus padres se han ido a estar con una pariente moribunda ⬚para asegurarse parte de la herencia⬚ y la empleada del hogar solo pasa por las mañanas, los amantes aprovechan las tardes para verse libremente. Ariane pasa así la mitad de sus días poniéndose guapa y tomando baños calientes y rememorando sus citas anteriores. Profesa un sentimiento de adoración religiosa hacia Solal, al que llama su Señor. Su amor es su culto y sus juegos sexuales son consagraciones. Solal se avergüenza de la sumisión de Ariane, pero interpreta un papel de hombre fuerte para continuar gustándole. Según él, esta es la razón por la que no se aprecia tanto a los maridos como a los amantes: los primeros muestran demasiado sus debilidades. Los amantes siempre se ven perfectamente arreglados y no duermen juntos para nunca verse al natural, para no decepcionarse. No obstante, el diplomático no tarda en mostrase celoso y considerar que hablar con cualquier otro hombre que no sea él es una especie de traición por parte de Ariane. Pero él, por su lado, la engaña varias veces, especialmente con su antigua amante, que se suicidará cuando la deje. Sin embargo, Solal se siente muy solo, ya que no tiene a nadie con quien hablar de Ariane.

Entre tanto, preocupado por el auge del fascismo, se marcha a Berlín, donde, disfrazado de viejo judío, recibe una paliza por parte de los militares y después es acogido en un sótano por unos israelitas que están escondidos. Ariane se preocupa porque no recibe noticias y, cuando se entera de su regreso, gasta mucho dinero y energía en encontrar vestidos bonitos, ya que teme que Solal no la quiera tanto si no tiene un aspecto impecable.

La vieja sirvienta de los Deume, Mariette, vuelve a Ginebra y descubre el adulterio, pero lo aprueba cuando constata que Solal hace feliz a Ariane. Está convencida de que el destino de Adrien era que lo engañaran.

Por su parte, Adrien Deume, siempre fuera por trabajo, no recibe muchas noticas de su mujer, quien ni siquiera abre sus cartas, y decide darle la sorpresa de volver una semana antes, el día del regreso de Solal. Tal día, cuando Ariane, completamente arreglada, corre a abrir a su amante, a quien encuentra delante de la puerta es a su marido. Decepcionada, decide huir con Solal y se va de casa durante la noche, escoltada a caballo por los primos de su amante, que la espera en un hotel.

¿Y LUEGO QUÉ?

Al día siguiente, Adrien encuentra una letra de despedida que su mujer le ha dejado. Entonces, siente una profunda soledad, se reprocha haber sido demasiado bueno con ella y haberle desvelado demasiado sus debilidades. Su dolor es tal que intenta suicidarse pegándose un tiro en la sien, pero sobrevive.

Por su parte, Ariane y Solal se van de viaje. Ella está locamente enamorada de él, y la pareja no para de hacer el amor, ya que los dos amantes no tienen otra cosa que hacer. Pero ambos empiezan a aburrirse. Solal está cansado de esa relación, de tener que ser siempre el amante perfecto, de verse obligado a inventar distracciones, a menudo costosas, para Ariane, en la que puede adivinar el sufrimiento inconsciente que le provoca su aislamiento social. Llega incluso a crear discusiones, hasta rupturas, para mantener viva la pasión. También a veces los amantes fingen estar enfermos o se ponen realmente enfermos, lo que les mantiene ocupados y, paradójicamente, les hace felices, ya que encuentran en ello un objetivo en la vida.

Después de que los otros clientes del hotel les echen, alquilan una casa y hacen que la sirvienta Mariette vaya ahí. La pareja comienza obras en su nueva vivienda, y Ariane hace que Solal se mantenga apartado durante este período para que no vea la instalación de los aseos, demasiado vulgar según ella. De hecho, a pesar de su vida en común, siguen manteniendo un aspecto perfectamente presentable el uno frente al otro y hablándose de usted fuera de sus actos de amor.

Sexualmente, Ariane se vuelve cada vez más perversa y masoquista, convenciéndose de que lo hace para satisfacer a su concubino. Pero Solal alimenta poco a poco un sentimiento de miedo y se siente cautivo en su prisión de amor, sobre todo porque no se atreve a confesarle a Ariane que le han despedido de la Sociedad de Naciones y ha perdido su nacionalidad, por temor a que este desmedro cambie lo que ella siente por él. Para remediar esta situación y recuperar su posición social, se dirige a París, donde lo pasa aún peor al constatar el auge del antisemitismo.

De vuelta junto a su amante, se entera de que esta mantuvo otra relación adúltera antes de la suya, con un director de orquesta mucho mayor que ella, lo que le vuelve loco de celos y de ira hacia la que hubiera debido ser solo suya (dejando a un lado a su marido, que no cuenta). A partir de ese momento, él le reprocha a menudo ese descarrío tratándola como a una prostituta.

Finalmente, después de varios viajes que ya no les distraen, los amantes malditos regresan a Ginebra. Convertidos en adictos al éter, se suicidan tomando medicamentos y mueren el uno en los brazos del otro.

ESTUDIO DE LOS PERSONAJES

ARIANE CASSANDRE CORISANDE D'AUBLE

La bella Ariane es la última descendiente de una familia de la aristocracia protestante ginebrina. Tras el fallecimiento prematuro de su madre y de su padre pastor, es criada por su tía Valérie, una ferviente cristiana de amor distante. Ariane no está feliz de haberse casado con Adrien cuando se sentía frágil psicológicamente. De hecho, esta hija de ginebrinos nacida en la alta sociedad desprecia lo vulgar, así como el origen pequeño burgués de su marido y de su suegra.

Su tía desaprueba sus decisiones en la vida, y la joven se encuentra socialmente aislada en la casa de los Deume. Debido a esto, Adrien, por quien solo siente lástima y ternura, le resulta una molestia constante. En cambio, adora a su suegro, Hippolyte, y a Mariette, su criada de toda la vida, que aunque odia a los Deume, trabaja a su servicio por amor hacia ella. Vive sus relaciones íntimas con su marido como violaciones y hasta que no conoce a Solal no redescubre su sexualidad. Entonces, trata de convencerse de que el deseo físico es moral y sagrado y no animal, un idealismo que su amante critica.

De hecho, resulta que esta aprendiz de novelista suele inventarse historias que se cuenta a sí misma cuando toma un baño y esconder la cabeza debajo del ala. Por lo demás, todo lo que le recuerda demasiado a la realidad, psicológica o práctica, la desanima profundamente, como sucede con los estornudos y las visitas al lavabo, desde su punto de vista, auténticos mata-amores. Así, busca la perfección cuidando la imagen y las apariencias físicas y morales, poniéndose guapa y mintiéndose a sí misma.

SOLAL SOLAL, DECIMOCUARTO DE SU NOMBRE

Solal es un judío nacido en una isla de Grecia e hijo de un rabino. Este hombre hecho a sí mismo que es originario de un ambiente modesto está muy apegado a sus orígenes. Debido a esto, no se encuentra a gusto socialmente y detesta su trabajo y las relaciones que de él resultan, pero necesita el dinero para mantener su posición privilegiada y poder así seguir menospreciando para agradar. De hecho, su ambición principal es ser amado, ya que «Don Juan [...] se ha apoderado de [él]» (Cohen 1987, cap. 34) y, según piensa, solo es amado quien es fuerte (y, por lo tanto, quien está en posición de menospreciar).

En el ambiente antisemita de mediados de los años treinta, este hombre guapo y soltero adora a las mujeres por su dulzura, ya que la violencia de los hombres le repugna, especialmente la que se dirige a los judíos. Solal reflexiona en profundidad sobre las relaciones entre géneros, pero también sobre las relaciones jerárquicas que existen entre subalternos y superiores. Asimismo, compara las dos relaciones y encuentra una dimensión sexual en cada una.

Por un lado, querría un amor que permitiera amarse sucios, enfermos y débiles, ya que es un hombre que rebosa amor, especialmente hacia las mujeres y hacia el pueblo judío, del que adora cada detalle. Pero Ariane no lo quiso como viejo y su propia mujer lo dejó a causa de sus debilidades, ya que «Todo cuanto [los subalternos y las mujeres] aman y admiran es fuerza» (cap. 35). Por lo tanto, decide mantener siempre un aspecto perfecto, aunque esto le desespere. Para conseguirlo, «[ha] vendido [su] alma por [...] un Rolls» (Cohen 1987, cap. 35).

Por otro lado, este hombre que denuncia de forma sistemática el materialismo y lo superficial, paradójicamente forma parte de ello al completo, puesto que la fisiología y las imperfecciones físicas ⬜como las manchas de hollín en las narinas de su amada cuando toman el tren⬜ le resultan desagradables. A pesar de todas estas preocupaciones, piensa a menudo en la muerte y en la vejez, así como en la insignificancia de las relaciones y de la belleza frente a esta fatalidad.

LOS DEUME

Tras el fallecimiento de sus padres, Adrien es adoptado por su tía, Antoinette Deume, y su marido. Forman una familia burguesa que intenta hacerse sitio en este mundo descomunal, pero no se dan cuenta de que no tienen la educación necesaria para conseguirlo. Como los otros personajes mundanos de la novela, Antoinette y Adrien no paran de evaluar sus relaciones sociales con los demás ni de calcular a qué personas es más rentable invitar a sus cenas, socialmente hablando.

ADRIEN DEUME

Adrien, este simple funcionario belga sediento de prestigio social, al que a veces el narrador llama «pequeño Deume», asciende peldaños en la Sociedad de Naciones gracias a diversos contactos. Las relaciones mundanas y jerárquicas revisten una gran importancia para él y siempre son objeto de análisis, que ocupan una gran parte de su tiempo de trabajo, al mismo nivel que los lavabos o la cafetería. Así, posterga durante varios meses los expedientes en los que debe trabajar, convencido de su utilidad profesional.

Su deferencia hacia sus superiores jerárquicos se asemeja a la pasión amorosa, le hace «sentimental» e incluso «femenino» (Cohen 1978, cap. 8). También ama apasionadamente a Ariane, la guapa aristócrata que es su mujer, a pesar de que esta a menudo esté de mal humor. La llama «cariño» y siente la necesidad de confiarle todo, lo que incluye sus bajezas sociales y sus problemas intestinales, lo cual no agrada mucho a la amada. Está convencido de que a ella le gusta hacer el amor con él, a pesar de que Ariane vive estos momentos como una forma de agresión conyugal. Él no ve que su esposa es infeliz y que busca el amor en otros hombres. Mariette, la sirvienta, dice de él que «salió cornudo del vientre de su madre» (Cohen 1978, cap. 64).

Cuando descubre la aventura de su mujer, abatido, intenta suicidarse, pero no lo consigue. Finalmente, vuelve a irse de misión para la Sociedad de Naciones.

Antoinette Deume

«La Deume», como la llama a veces el narrador, está «provista de poca carne y encantos pero de muchos huesos y verrugas» (Cohen 1978, cap. 1). Es una mujer dominadora que controla a su marido y profesa amor y ternura hacia su hijo adoptivo «Didi». Está orgullosa de los éxitos sociales de este último, incluso a pesar de sentirse furiosa por no siempre formar parte de ellos. Se las da ser muy creyente, ya que esto le permite codearse con grandes damas ginebrinas durante las charlas religiosas, y a veces invoca a Dios para ayudarla a superar sus problemas domésticos. A pesar de la imagen que presenta de ella misma, no siente ni compasión ni amor por el prójimo.

Hippolyte Deume

Hippolyte, el suegro de Ariane, es un personaje bastante infantil, amable, pero débil, que además cecea. Es excluido y dominado por su mujer, que critica hasta el más mínimo de sus gestos y que no le deja hacer nada nunca, de modo que queda reducido a la inacción y a la soledad. Adora a Ariane y se lo perdona todo, incluso haber engañado a su hijo adoptivo.

MARIETTE

Mariette es la criada de Ariane desde que esta última nació. La seguiría a todas partes, sin renunciar a su independencia por ello. Aunque está contenta de que Ariane haya encontrado un amante, su visión del amor la supera. De hecho, «[su] difunto y [ella] hubi[eran] hecho [sus] necesidades juntos pa no separar[se]» y, para ella, «eso es amor» (Cohen 1978, cap. 90). Por lo tanto, no comprende la costumbre de los amantes de mirar para otro lado en lo que se refiere a las necesidades físicas.

Cuando Solal y Ariane cogen una casa, ella es prácticamente la única persona externa con la que se comunican, aunque, cuando Solal está presente, ella en realidad no tiene derecho a hablar, ya que Ariana la juzga demasiado trivial. En ciertos pasajes de la obra, el narrador le concede la palabra a Mariette en monólogos internos. Su flujo de pensamientos desfila entonces tal cual, casi sin puntuación.

Su discurso revela las faltas gramaticales y los vicios de pronunciación y a veces de comprensión típicos de las clases sociales modestas.

LOS ESFORZADOS

El narrador y Solal llaman al tío de este último y a sus cuatro primos lejanos «los Esforzados» (Cohen 1978, cap. 12). Son una encarnación de los estereotipos que recaen sobre la comunidad judía en los años treinta: codiciosos más que avaros y sedientos de prestigio social como lo están también todos los demás personajes. Se visten de un modo excéntrico porque piensan que eso les hace más distinguidos y son dados a la palabrería. A pesar de su profundo apego a su cultura, son bastante comprensivos con la religión y las costumbres de los cristianos.

CLAVES DE LECTURA

UNA NARRACIÓN POLIFÓNICA

Esta novela tan descriptiva se sostiene sobre varias voces. En primer lugar, la del narrador, omnisciente y extradiegético (es decir, que no forma parte de la historia), pero que no por ello es siempre neutro. Esta voz suele evocar los pensamientos o sentimientos de los personajes a través del estilo indirecto libre, que destaca por la transcripción directa de las reflexiones de los personajes, sin utilizar ninguna palabra o verbo introductor. Por ejemplo, cuando la criada piensa en su pelo mientras limpia los cristales: «[Mariette] [s]e humedeció el dedo índice, se alisó el caracol, le gustó. Bueno, venga, que no es eso lo único en la vida, ahora los cristales» (Cohen 1978, cap. 64).

Por otro lado, un gran número de capítulos está dedicado a los pensamientos de Ariane, de Solal o de la criada, Mariette. Sus reflexiones están presentes bajo la forma de monólogos internos en los que los signos de puntuación son casi inexistentes. Así, cuando los pensamientos de Ariane vagan en un flujo continuo de palabras, se dice a sí misma: «[N]o me gustaban los diamantes, muy bueno pero no para de tocarme es un fastidio, yo moviéndome en este momento y más adelante tanta inmovilidad en una caja y tierra encima» (Cohen 1978, cap. 2).

LA DICOTOMÍA ENTRE FICCIÓN Y REALIDAD

El tema de lo imaginario y del disfraz está omnipresente en

la novela y se manifiesta a través de diversas vías.

La interpretación de papeles

La comedia de relaciones sociales que nos presenta la novela denuncia las falsas apariencias de los ambientes de alta sociedad, basados en la hipocresía y en la manipulación de todo tipo. Pero la interpretación de papeles y el disfraz también son muy apreciados por los protagonistas:

- Ariane se disfraza cuando está sola, comienza a maquillarse para Solal y llevará disfraces eróticos para compensar el estancamiento de su relación. Por otro lado, se mete en la piel de la amante perfecta, siempre seductora y con una actitud receptiva ante su pareja;
- Solal, por su parte, se caracteriza de viejo para seducirla y después interpreta el papel de hombre poderoso para salvaguardar su amor;
- Ariane, Solal y Adrien están obsesionados con su aspecto y no paran de mirarse al espejo a fin de contemplar la perfección estética de su imagen de amantes. Esta preocupación por la apariencia recuerda a la de los numerosos personajes de alta sociedad que encontramos en la novela.

Ariane y Solal interpretan cada uno un papel; asimismo, Mariette los describe como personajes de teatro. Su amor se basa completamente en una idealización que tiene sus cimientos en la imagen: incluso cuando cohabitan, solo se ven una vez que ambos se han arreglado completamente para no decepcionarse con inconvenientes estéticos o, peor, psicológicos. Así, la obra retoma el tema del amor clásico desde un punto de vista práctico, por ejemplo aludiendo a menudo a la cuestión de los lavabos o de la limpieza. Lo que se revela en este enfoque posmodernista es la otra parte del decorado del amor ideal: la pasión amorosa tal y como se escenifica en la literatura no puede sobrevivir tal cual frente a la realidad; debe evolucionar hacia un amor en el que cada uno pueda realizarse como ser humano.

El imaginario

Puesto que cada personaje representa un papel, los protagonistas evolucionan en un mundo que contemplan a través del prisma de la ficción que ellos mismos se crean.

- La protagonista se cuenta historias en voz alta mientras se baña.
- Cuando están viviendo juntos, Solal pasa los días imaginando distracciones para Ariane, a fin de mantener la pareja en esta ilusión del amor perfecto que dura eternamente. De hecho, reflexiona profundamente sobre el inconsciente de su amada y sobre todo lo que ella intenta ocultar, como su aburrimiento con él.
- Comeclavos, uno de los primos de Solal, cuenta mentiras para autoglorificarse.

El personaje de Solal en sí evoca, de cierto modo, la mezcla entre ficción y realidad, ya que se parece curiosamente al autor: mismos orígenes geográficos y religiosos, mismos viajes y mismo oficio. Este paralelismo, esta imbricación de lo real y lo imaginario, se subraya aún más con la evocación de sendos proyectos literarios llevados a cabo por otros dos protagonistas:

- el de Ariane, que, además de su diario, planea escribir una novela dedicada a su vida. En uno de sus fragmentos, podemos constatar que, como en la obra que el lector tiene entre sus manos, la joven se expresa de un modo que recuerda al monólogo interior y también ella hace apuntes sobre la manera que la gente tiene de pronunciar ciertas palabras (a semejanza de Cohen en su novela);
- el de Adrien, que también trabaja en la redacción de un libro en el que explora las diferentes facetas de Don Juan, personaje con el que Cohen relaciona explícitamente a Solal (puesto que el mismo personaje hace referencia a él) en *Bella del Señor*.

El estereotipo

La novela pone de relieve cierto número de clichés, especialmente sobre los judíos y sobre las diferencias entre las clases sociales, por ejemplo al aludir a las familias de ciertos personajes y a sus respectivas educaciones, *a priori* completamente opuestas: Solal nació en una familia pobre y judía, Ariane es una aristócrata adinerada y Mariette viene de un pequeño pueblo. Aquí se trata de nuevo de un modo de cuestionar lo real para enfrentarlo esta vez al imaginario colectivo.

De la misma manera, el personaje de Solal aún conserva una cierta distancia respecto al estereotipo de la belleza ideal, de la que ve la cara oculta («Toda aquella belleza al cementerio más tarde [...]», Cohen 1978, cap. 1). Asimismo, el amor a la naturaleza, el cual es a menudo reivindicado, o el canto del ruiseñor, «insoportable cliché y cantor sobreestimado» (Cohen 1978, cap. 37), lo molestan.

CRÍTICA DE LA SOCIEDAD MUNDANA

La crítica social es un motivo recurrente en la obra. De hecho, cada interacción entre personajes da lugar a observaciones sobre los comportamientos del ser humano en sociedad y los prejuicios de los que se alimenta. Los ejes centrales de esta crítica están dirigidos a las relaciones entre clases y a las relaciones entre géneros.

Ambos tipos de relación se basan en la veneración del poder y del que lo ostenta. De este modo, los individuos peor posicionados en la escala social –es decir, las mujeres y los miembros de cualquier clase que no sea la aristocrática– son descritos como seres serviles. Adrien Dume, que pregona que «la cortesía no cuesta nada y puede reportar mucho» (Cohen 1978, cap. 8) y que «no se llega a ningún sitio sin relaciones» (Cohen 1978, cap. 5), hace perfecto honor a su origen pequeño burgués. De hecho:

- aclama de inmediato todas las ideas que sus superiores formulan;
- planifica sus invitaciones a las cenas en función del grado social de los demás y solo invita a quienes pertenecen a un rango igual o superior al suyo;
- y deja de verse con cualquiera cuya posición sea inferior a la que él ocupa.

Esta manera de funcionar se puede ver en todos los personajes, especialmente en los que pertenecen a la Sociedad de Naciones, donde la energía que se dedica a esta aritmética social parece importar más que el trabajo realizado de forma efectiva. Así, a través de su obra, Albert Cohen critica a la vez las costumbres de la sociedad en general y los vicios en el modo de funcionar de esta estructura diplomática en concreto.

SIONISMO Y ANTISEMITISMO

También cabe mencionar, entre estas críticas a la sociedad y a los estereotipos que vehicula, las alusiones al pueblo judío presentes en la obra. Los Esforzados encarnan estos clichés, desde Salomon, anciano verboso y venerable, hasta Comeclavos, hombre de edad madura avaricioso y obsesionado con el prestigio social. Sin embargo, el autor los relativiza al colocarlos en paralelo a otros personajes que sostienen estos valores aunque no sean judíos en absoluto. Para Solal, la diferencia reside en el hecho de que los primeros forman parte de «su pueblo, [del que] lo amaba todo» (Cohen 1978, cap. 24). El protagonista les perdona por lo tanto las imperfecciones que ve en ellos. Siendo esto así, este amor hacia los suyos no le impide en absoluto ser amable con el resto de la humanidad.

De forma paralela a este tratamiento ambiguo de los estereotipos, ciertos extractos de la obra hacen referencia al auge del nazismo en Europa en los años treinta. Los episodios más representativos son aquellos durante los que Solal viaja solo, sin Ariane. Primero se dirige a Berlín, donde, disfrazado de viejo judío, recibe una paliza de las SA (organización paramilitar del partido nazi) y después acogido por unos israelitas que lo esconden en su sótano. Cuando constata que los suyos están en peligro, pide a la Sociedad de Naciones que proteja a los israelitas de Alemania y los reciba en un país donde no corran ningún riesgo. Esta proposición sionista escandaliza tanto a sus superiores que el diplomático es despedido.

Más tarde, llega a París y se hace pasar por un francés católico, que proclama su fingida hostilidad hacia los judíos a fin de tener la oportunidad de conversar sin ser menospreciado y de notar unos lazos de fraternidad con las personas que lo rodean. De hecho, a veces mártir y a veces perseguidor, Solal tiene la necesidad de crear relaciones sociales, ya que sufre al ver cómo la humanidad muestra tanto odio infundado hacia su pueblo y hacia él mismo.

Este panorama de la situación de los judíos europeos del período de entreguerras y de las discriminaciones de las que ya son víctimas está expuesto en la novela, sin comentarios. Del mismo modo, la historia no intenta explicar las razones del odio que recibe el pueblo judío, lo que hace los relatos aún más desgarradores. Por lo tanto, Albert Cohen no hace una crítica abierta al antisemitismo, sino que intenta mantener una cierta objetividad haciendo que el lector sea el responsable de sus interpretaciones.

PISTAS PARA LA REFLEXIÓN

ALGUNAS PREGUNTAS PARA PROFUNDIZAR EN SU REFLEXIÓN...

- Hay una parte de la obra de Albert Cohen que se califica como «mitobiografía». Según usted, ¿qué significa esto realmente? Básese en *Bella del Señor* para argumentar su opinión.
- Los monólogos internos que conforman ciertos capítulos de la novela están escritos de forma oral, esta técnica se conoce como el «*parlécrit*» («oralescrito»). ¿Qué particularidades ofrece a la obra a nivel del relato y de su contenido y a nivel del contexto (época, etc.)?
- Ciertos capítulos del libro están dedicados exclusivamente al monólogo interior de la criada, Mariette. ¿Qué aporta a la historia este punto de vista en concreto?
- A nivel del contenido de la intriga, ¿qué aporta el personaje de Hyppolite a la familia Deume?
- A propósito del desagrado de los amantes por lo natural y lo fisiológico, Mariette piensa: «[S]i eso es amor se lo regalo, mi difunto y yo hubiéramos hecho nuestras necesidades juntos pa no separarnos y pa mí que eso es amor» (Cohen 1978, cap. 90). Compare estas dos formas de amor.
- ¿Qué particularidades posee el amor descrito en la novela? Por consiguiente, ¿cuál podría ser el mensaje de la obra?
- Solal alude varias veces al personaje mítico de Don Juan. ¿En qué se parece o difiere este del protagonista que Molière retoma de forma especial?

- En la obra, se hace una distinción entre los papeles del marido y del amante. ¿Cómo podemos aplicarla a Adrien Deume y a Solal Solal? ¿Qué otros personajes de *Bella del Señor* pueden identificarse con estos papeles?
- El suicidio es un tema bastante presente en la obra. En su opinión, ¿por qué hay tal imposición de este tema?
- Otro tema recurrente de *Bella del Señor* es el de los disfraces. Comente la forma en que lo encarnan los personajes de los Esforzados.

¡Su opinión nos interesa!
¡Deje un comentario en la página web de su librería en línea,
y comparta sus favoritos en las redes sociales!

PARA IR MÁS ALLÁ

EDICIÓN DE REFERENCIA

- Cohen, Albert. 1987. *Bella del Señor*. Traducido por Javier Albiñana. Barcelona: Anagrama.

ESTUDIOS DE REFERENCIA

- LePetitLittéraire.fr, "Albert Cohen". Consultado el 25 de marzo de 2016. https://www.lepetitlitteraire.fr/auteurs/albert-cohen
- Decout, Maxime. 2009. "Le 'parlécrit' chez Albert Cohen. D'une authentique version a une perversion du monologue intérieur". *Poétique*, n.º 159, 311-324. Consultado el 25 de marzo de 2016. www.cairn.info/revue-poetique-2009-3-page-311.htm

ADAPTACIONES

- Fall, Jean-Claude y Renaud Marie Leblanc. 2007. *Les Soliloques d'Ariane (extraits de Belle du Seigneur)*.
- *Belle du Seigneur*. Dirigida por Glenio Bonder, con Jonathan Rhys-Meyers, Natalia Vodianova, Marianne Faithfull y Ed Stoppard. Francia: 2013.
- Gras, Guillaume. 2015. *Ariane*.

Resumen Express.com